رواية

ميري جان

मेरी जान

Meri Jaan

د. جُمان الريحاني

إهداء خاص

اهدي هذه الرواية إلى **الفنان سلمان خان** الذي كان إلهاما لهذه الصفحات

في يوم شاهدت مقابلة تلفزيونية أو لقاء لم اعد اذكر ولكن سلمان خان في ذلك اللقاء

قال كلمة هي:

"ميري جان"

وقد ترددت في أذناي كثيرا وفي يوم وجدت هذه الرواية تكتب أول حرف لها وتتخذ

تلك الكلمة الجميلة التي قالها النجم عنوانا لها

إنها كلمة تحمل الكثير بين حروفها تحمل الحب والحياة

إنها ليست كلمة فقط وليست مجرد عنوان بل هي رواية بالكامل بين دفتي كتاب

أهدي هذه الرواية إلى مصدر الإلهام لها

إلى سلمان خان

جمان الريحاني

إهداء..

إهداء إلى الحب والحياة

إهداء الواقع والخيال

إهداء إلى كل من يصادف هذا الإهداء

إهداء إلى كل من يحب الروايات الرومانسية او لمن قرر أن يجرب

قراءة رواية رومانسية

جمان الريحاني

القدر المقدر

كان يا ما كان في قديم الزمان، كانت هناك فتاة جميلة تعيش في مدينة بعيدة في بلاد

تلك الفتاة اسمها بيرلا، تلك الفتاة ومنذ سنوات مضت رأت حلما غريبا وقد بقي ذلك الحلو يراودها وبقي في ذاكرتها ولم تستطع نسيانه.

لكنها لم تفهم الحلم ولم تبحث له عن تفسير لأنها قد استيقظت من نومها وهي تشعر بشيء غريب.

لقد رأت ماري في حلمها رجلا رجلا هي لا تعرفه ولكنها شعرت بصلة به، صلة قوية وروابط لا يمكن فكه، فعرفت بان ذلك الرجل هو حبيبها المنتظر

لقد كانت تدعوه في الحلم "ميري جان"

رغم أن الفتاة انجليزية إلا أنها عرفت بان تلك الجملة أو الكلمة تعني حبيبي ولكنها لم تبحث عنها ولا عن معناها الحقيقي ولا عن من أي لغة تلك الكلمة واكتفت بالشعور الذي كان يراودها.

منذ أن رأت تلك الفتاة بيرلا ذلك الحلم لم تعد تريد رجلا في حياتها إلا ذلك الشخص ولا تريد سواه.

رغم أنها لم تكن تعلم لا من أي بلد هو ولا كيف يمكنها أن تلتقي به، ولا حتى إن كان موجودا أو غير موجود.

كما أنها لم تكن تعلم إن كان سوف يبادلها نفس الشعور الذي يراودها إن كان حقا موجود.

وأصبحت تبحث عنه في كل مكان ولكنها لا تعرف عنه شيئا فقط تعرف بأنه سوف يأتي يوم وتلتقي به.

لقد كان شعورها قوي ويقينها وإيمانها بلقائه ثابتا.

لقد كانت تحبه كثيرا، ولم تكن لتحب غيره

كان إيمانه بحبه لدرجة أنها كانت تريد أن تنظر ظهوره في حياتها ولو لسنوات والزمن لن يغير حبها له.

بحثت عنه ولم تمن تريد الزواج بغيره

وبين انشغالها بالحياة وبين حلمها والذي كان يطاردها كانت تعيش حياتها

لقد كانت لديها الكثير من المشاغل مثل الدراسة والعمل وقد كان لديها والدها الذي لم يكن يعيش معها في نفس المدينة ولكنه كان يدعمها في مشوارها

لقد كان يدعمها ماديا ومعنويا وقد كان يحبها كثيرا ولكنه ولظروف الدراسة سافرت وتركته في مدينة أخرى

ولكنهما يتواصلان دائما، كما أنها كانت تعود إلى البيت في المناسبات الدينية والوطنية، ومختلف المناسبات، وأيضا في المناسبات الخاصة مثل عيد ميلاد والدها وما إلى ذلك

وفي يوم من الأيام تلقت دعوة من والدها الذي كان يعيش

في دولة غير التي تعيش هي فيها

وعندما ذهبت لزيارته وقد كان حقا مريض

بل كان طريح الفراش

اخبرها وهو على فراش الموت بأمر خطير وقال:

هل تعلمين يا حبيبتي لما قمت باستدعائك؟

بيرلا:

أليس لأنك مريض وأردت رؤيتي

الوالد:

نعم لهذا ولأجل أمر آخر

أمر اعتبره هاما جدا ويجب أن تعرفيه

بيرلا:

وما هو؟

الوالد:

اسمعي أريدك أن تسمعيني إلى الآخر وان لا تقاطعي كلامي

بيرلا:

حسنا

الوالد:

أنت تعلمين بأنني احبك كثيرا

وتعلمين أيضا بان والدتك كانت تحبه كثيرا جدا

كانت بيرلا تهز رأسها بمعنى أنها تعلم تلك الأمور ولكنه لم ترد أن تقاطع والدها نزولا عند طلبه لذا كانت تصغي إليه بكل إمعان

فأكمل كلامه وقال:

ولكنك لا تعلمين بان والدتك كانت تعاني من مرض خطير ولست اقصد الذي أودى بحياتها

لا انه مرض أخر عانت منه قبل ولادتك

مسكينة والدتك لقد عانت الكثير خلال حياتها وخاصة هذا المرض لقد حرمها السكينة والراحة وأيضا السعادة

فقد اكتأبت بعده كثيرا وعانت من حزن شديد وبصعوبة حتى خرجت من تلك الحالة.

لقد كانت والدتك تعاني من مرض في الرحم وهذا ما اضطرها إلى أن تستأصل الرحم كاملا

لقد كان استئصال الرحل هو الحل الوحيد الذي اخبرنا به الأطباء ولو أن فعلت ذلك لربما فقدت حياتها وهي كانت لا تزال في عز شبابها

لم تستطع بيرلا أن تبقى صامتة وهي تسمع فقط لأن الأمر الذي ذكره والدها قد جعلها تشعر بالفضول الشديد لكي تعرف ما يقصده بكلامه فقالت:

ولكن كيف قبل ولادتي؟

ماذا تقصد بأنها قد استأصلت الرحم قبل ولادتي

كيف يعقل ذلك؟

الوالد:

لقد طلبت منك عدم المقاطعة وسوف تفهمين

بيرلا:

عذرا يا أبي

الوالد:

بعد أن استأصلوا لها الرحم قررنا أن نتبنى طفلا ولكن والدتك خافت من أن يتتبعنا احد ويسرق منا سعادتنا

لقد كانت مترددة جدا

ولكن أنا كنت مصرا على ذلك

لم أكن أريد لها أن تشعر بالعجز إن النقص

أردت الكمال لحياتنا

لم أكن أريد لها أن تشعر بالسوء في أي شيء

وبعد مرور سنتين على تلك الحادثة كنا قد سافرنا إلى عدة دول من بينها الصين ثم إلى الهند

لقد كنت والدتك تعمل في منظمة خيرية

كانت تدرس بعض الحالات عن الفقر والاتجار بالبشر وأطفال الشوارع وتكتب مقالات

كان لديها بعض الأصدقاء في تلك البلاد وتمت دعوتها لحضور مؤتمر لذا سافرنا

ولكننا استغلينا الفرصة في السياحة واعدنا شهر عسلنا من جديد

المهم والأمر المهم الذي كنت أريد أن اخبر كبه واعلم انك تتساءلين عنه هو ما يلي:

اسمعي بإنصات يا بنيتي

(وقد كانت حالته سيئة وهو يسعل كثيرا)

لقد مررنا بفترة صعبة في حياتنا،

وفي تلك الرحلة إلى الهند بالذات شعرنا بالقرب غالى بعضنا من جديد، وشعرنا بنوع من التجديد في حياتنا

كما أن الرحلة قد كانت روحانية كثيرا

لقد كانت تلك الرحلة يا ابنتي مفيدة بالفعل وكنا في حاجة إليها، بل وقد عادت علينا بمساعدة لم نكن نتخيلها.

فلو تلك الرحلة لما حلت أصعب مشكلة واجهتنا في حياتنا والتي اعتقدنا بأنه مشكلة بلا حل.

لقد صدق من قال بأنه هناك حل لكل مشكلة.

لقد كنا شبه عاجزين وعندما لم نعد نبحث عن حل وبعد إن أصبحنا نتعايش مع تلك المشكلة جاء إلينا الحل، أو ربما نحن ذهبنا إليه ولكن بطريقة غير مباشرة.

لقد كانت تلك الرحلة بمثابة الحل لمشكل لم نتوقع انه قد يحل يوما بل اعتبرناه مجرد جزء من حياتنا وكنا نتعايش معه.

لقد كانت رحلتنا وخاصة رحلتنا إلى الهند رحلة روحانية رغم العمل الذي كان فيها على والدتك

كانت رحلة روحانية بامتياز وأيضا رحلة شاعرية
ورومانسية فالهند بلد سياحي وفيه تجدين الكثير من
الحب، تجدين الحب فيكل مكان في الناس في الهواء وفي
المناطق الأثرية

لقد كانت عينا والدتك تدمع بمجرد وقوفها أمام تاج محل
وهي تمسك بيدي وتخبرني عن قصة الملك الذي بناه
لأجل حبيبته وزوته

لقد كانت والدتك شاعرية وتستطيع أن تجد الحب في كل
مكان وفي كل شيء حتى في ابسط الأمور.

حقيقة مخفية

لقد تعب كثيرا ولكنه أكمل كلامه بعد أن دخل إلى الطبيب وفحصه يبدو انه كان يلفظ أنفاسه أو اقترب من ذلك

وقال:

في تلك الرحلة قررت والدتك أن تزور معبدا وعندما زرناه قد رأينا في طرينا إليه بعض الأطفال بحالة سيئة في الشراع وعندما سالت والدتك الدليل الذي معنا

أخبرها بان أولئك الأطفال بعضهم متسولون وبعضهم من أطفال الشوارع ويعيشون في الشوارع

منهم الأيتام ومنهم الذي لا يعرف أصلهم ولا أهل لهم

سألته والدتك لما لا تتكفل الدولة بهم

فأخبرها بأنها لا تستطيع ردع هذه الظاهرة والبعض يتم اختطافهم والبعض يفرون من المياتم

الأمر كان صعبا على والدتك التي كانت تتمنى كفلة طفلا كل حياتها بينما ترى عشرات الأطفال ملقون في الشوارع وبلا حاضر ولا مستقبل

كان الأمر صعبا عليها جدا

ولكن لم يكن باليد حيلة

وعندما وصلنا إلى المعبد

أدت والدتك الصلاة ودعت لؤلئك الأطفال والدموع تنهمر على خديها وبعد أن خرجت من البعد وقد كان هناك مخارج كثيرة رأت والدتك شيئا فتقدمت نحوه

لقد رأت طفلة رضيعة صغيرة تجلس على قطعة قماش عند باب المعبد

لقد أعجبت بها كثيرا

كانت الطفلة تبتسم لها وهي تحمل قطعة خبز كبيرة ولا تستطيع ان تأكلها لأنها كانت مجرد رضيعة

لعبت والتك مع تلك الطفلة الجميلة التي كانت بعينين خضراوين

ثم سألت الكاهن وقالت له:

أين أهلها؟

فقال لها:

أنها ابنة الرب ولكن هناك من تخلى عنها ولكن الرب لا يتخلى عن أطفاله.

ثم قال لها:

الأمومة تناسبك تماما

إنكما متناغمتان

باركتكما الآلهة

وسار في حال سبيله بعد أن وضع يده على رأس والدتك وهي تلعب مع الطفلة وباركها

لقد بدا عليه وكأنه أهدى تلك الطفلة إلى والدتك وكأنه قد رأى فيها الأمومة لك وكأنه رأى بان مصيرك معها أفضل من حالته في الشارع وذلك بالطبع صحيح فمصيرك كان مجهولا ولكنه أيضا كان ذا ملامح سيئة.

وخاصة انك كنت طفلة جميلة جدا ولم يكن هناك من يعتني بك

لقد كنت في أمس الحاجة لصدر حنون وحضن دافئ لقد كنت في حاجة للحب ولعائلة تعتني بك

لقد كنت تشبهيننا فنحن أيضا كنا في حاجة إلى طفل يملأ حياتنا بالسعادة

وقد كنت أنت تحملين كل السعادة في ابتسامتك وفي عيونك البنفسجية الكبيرة والجميلة

لقد كنت تشبهين الجنة التي فتحت ذراعيها لنا أنا ووالدتك

لقد كانت والدتك متأثرة جدا بذلك الموقف المليء
بالمشاعر والذي يجعل كل الناس تتعاطف مع حالة والدتك
التي كانت تشعر برابطة قوية معك.

رابطة الأمومة

واصل الأب سرد القصة وراح يشرح لابنته كيف ان والدتها قد تعلقت بها منذ أول لحظة وقال:

لم تستطع والدتك الانفصال عن تلك الطفلة الصغيرة فقال لها الدليل

سيدتي..

واضح أنك تحبين الأطفال

لما لا تأخذين تلك الطفلة؟

رفعت والدتك عينيها إلى الدليل وقالت:

ولكن ماذا تقول؟

فقال:

قلت لك لماذا لا تأخذينها معم وان أحببتها يمكنها أن
تصبح ابنتك

قالت والدتك:

هذا غير قانوني

الدليل:

ولكن هي سوف تعيش كل حياتها في الشارع أليس من
الأفضل أن تأخذيها أنت

إن كنت تريدين طبعا؟

الوالدة:

طبعا أريدها

ولكن..

الدليل:

ليس هناك مكان للكن

فهي أما أنت تأخذيها أو تتركيها لمصيرها السيئ في الشارع

فقلت له أنا:

كيف يمكننا أن نتبناها؟ وأين يمكننا أن نكتبها على اسمي، لتصبح ابنتنا أنا وزوجتي بالتبني؟

الدليل:

سيدي لا يمكنك أن تفعل ذلك في أي مكان هنا

أنا اقترح أن تأخذاها فقط ولم أتكلم عن أية أوراق فالأمر لن يسير على ما يرام

فقلت له:

ما ذا تقصد؟

قال:

القانون صعب سوف يعتبروننا نتاجر بالبشر

أنا اقترح عليكما أن تأخذاها وليس أن تقولا بأنكما فعلتما ذلك

الوالدة:

نأخذها فقط هكذا؟

الدليل:

أجل سيدتي

فقط غيري لها ثيابها ولن يعلم أحد بأنها ليست ابنتكما

إنها تشبهك كما أن لديكما نفس العينين، تقريبا ونفس لون البشرة والشعر، بالتقريب ولكن يمكن أن تكون ابنتك.

أليس كذلك يا سيدي

لم تكن والدتك تستطيع الانفصال عن تلك الطفلة وأخذناها بالفعل وقد اعتبرتها والدك كابنه لها لأنها لو كانت قد أنجبت ابنة لما أحبتها مثلما فعلت

فهل شعرت يوما بأنها ليست والدتك الحقيقية

تفاجأت بيرلا ولم تجد ما يمكنها قوله فقال لها والدها:

هذا ما طلبت منك المجيء لكي اخبر كبه قبل وفاتي

لقد قمنا بتنبيك وعندما سافرنا إلى .... وسجلناك على اسمنا وقد كنت نعم الابنة لنا وزرعت البسمة في بيتنا وفي قلوبنا

أنت كنت السعادة بالنسبة لوالدتك وأنت السعادة بالنسبة لي حتى الآن

لقد أحببناك

أنت ابنتنا

ولكن كان يجب أن أخبرك بهذه الحقيقة فريما والداك الحقيقيان يبحثان عنك، وربما تصادفك الصدف معهما.

ولكننا نحن لم نأخذك منهما بل انتشلناك من الشارع خوفا

عليك وهذا ما أخبرنا به الكاهن أيضا.

شعور بالمسؤولية

الأبوة والأمومة من النظرة الأولى

لم نستطع أن نتحمل رؤيتك وأنت تجلسين على ذلك الغطاء الأبيض المتسخ على الأرض بوجهك المشع الجميل وعيونك البنفسجية.

لم يسبق لنا أن رأينا عيونك كعيونك الجميلة والبريئة

لقد كنت مثل الملاك وكأنك لست من البشر

صدقيني لقد كان الموقف مؤثر جدا

وبدأت والدتك بالبكاء ولم تستطع أن تكبح دموعها

دموع خوف عليك ودموع فرح لأنك سوف تحصل عليك والكثير من المشاعر المختلطة مع بعضها

لقد أخذتك بين ذراعيها وراحت تقبلك وأنت تضحكين

اعتقد بان الأمر كان يدغدغك أو ربما كنت سعيدة باجتماعك مع والدتك

لقد شعرت بأنها والدتك منذأول لحظة مثلما شعرت هي بأنك ابنتها من الو لحظة

لقد كان موقفا مليئا بالمشاعر

كان يجب أن أخبرك قبل وقت طويل ولكنني لم استطع فعل ذلك

وعندما اقترب اجلي امتلكت الشجاعة فسامحيني إن كنت قد أخطئت في حقك

وسامحي والدتك لأنها قررت أن لا تخبرك ولم تفسح لي مجالا لفعل ذلك

لم تكن تريد أن تجعلك تشعرين بعدم الراحة ولم تكن تريد أن تضعك في حالة نفسية ربما تكون سيئة

لقد أرادت أن تحافظ عليك وعلى سلامتك النفسية والاجتماعية والوضع العام

أرادتك أن تحضي بكل ما هو جيد وجميل

أرادت أن تراك دائما في المراتب العليا

أرادتك أن تعيشي بيننا مثل ابنة لنا، بل كابنة لنا وان لا تكوني طفلة متبناة في نظر نفسك ولا في نظر المجتمع

لقد أرادتك أن تشعري بالحقيقة التي كانت هي تشعر بها بأنك ابنتنا نحن

لقد كنت ابنتنا عند الرب لذا وضعنا في طريقك أو

وضعك في طرينا

لا نعرف ولكن كنا في طريق بعضنا البعض

أنت خلقت لنا ومن اجلنا وليس صدفة أن وجدناك أو

وجدتنا أنت

أرادت لك النجاح ولم ترد أن تفكري في أي أمور أخرى

قد تشغل تفكيرك وتشتتك

لقد تفاجأت بيرلا كثيرا بما سمعته وكأنها تسمع قصة لا تمت لها هي بصة، وكأنها تسمع حكاية، وكأنها تشاهد فلما ولكن كانت تلك الحقيقة

لقد كانت تلك الحقيقة عنها هي وعن حياتها وما لا تعرف عن أصلها وطفولتها وكيف بدأت مشوارها في عائلتها التي لا تعرف سواها.

لقد كانت حياتها وكيف قد مرت لكت نلك الأمور وكيف وأين ولدت وما الذي كان ينتظرها وكيف تغيرت حياتها وعاشت حياة كريمة بفضل والدتها

شكرت والدها وأخبرته بأنها ممتنة لهما ولن تنسى فضلهما أبدا وليس عليها أن تسامحهما لأنهما قد كانا السبب في حياتها الكريمة ولم يذنبا لكي تغفر لهما.

وبعد أن اخبرها بتلك الحقيقة توفي في نفس الليلة وترك لها ثروة ولكن الأهم منها قد ترك لها رسالة، لقد كتب لها رسالة يصف فيها لها كل الحقيقة وكلما كان يشعر به.

فهو لم يكن متأكد من أنه سوف يقص عليها تلك القصة قبل وفاته لذا كتب لها رسالة عندما كان بصحة جيدة.

فهو لم يكن يريد أن يحمل معه الحقيقة إلى قبره وان يترك ابنته بدون أن تعرف الحقيقة التي كانت تجهلها.

وترك لها أيضا رسالة قد تركتها لها والدتها، ولكنها احتفظ بها عندما توفيت ولكنه لم يعطها لها، لم يكن يشعر بأنه جاهز لكي يواجها ويخبرها بالحقيقة في تلك الفترة

كما انه كان خائف جدا من رد فعلها ولم يكن يريدها أن تخسر والدتها مرتين مرة بوفاتها ومرة بأن تكتشف بأنها ليست والدتها الحقيقة

كما انه كان يرى بان لزوجته الحق في أن تحزن عليها ابنتها التي قامت بتربيتها.

كتب لها في الرسالة

حبيبتي

إن لم أجد الشجاعة لكي أخبرك بالحقيقة وأننا قمنا بتبنيك
فسوف اخبر كبها على الورق

لقد وجدناك بعد طول معاناة وبعد أن كنا قد فقدنا الأمل
في الحصول على طفل

فصدفة وأمام معبد وجدناك هناك تلعبين بقطعة خبز ربما
أعطاه لك احد زوار المعبد

وتعلقت أنت ووالدتك ببعضكما من أول لقاء وكأنكما خلقتما لبعض

وكأنك خلقت لنا

وكأنك ابنتنا

وكأنك خلقت لنا أو خلقت منا

والدليل على ذلك أننا لم تشعري بذلك يوما كما أننا لم نشعر بذلك نحن أيضا

لقد أعطيناك كل الحب

وأنت أيضا أعطيتنا الحب والسعادة

والد الحبيب

سامحيني إن أنا لم أخبرك بالحقيقة قبل وفاتي

هناك رسالة أخرى مع هذه الرسالة وقد كتبت لك كل التفاصيل وكيف وأين عثرنا عليك؟

ولماذا لم ننجب أطفالا أنا ووالدتك

سوف تعرفين طل الحقيقة لأنني كتبتها لك بكل التفاصيل في الرسالة الأخرى

كما انك سوف تجدين في الصندوق الذي في خزانة والدتك الثياب التي كنت ترتدينها وكل ذكرياتك من الهند ربما تكون دليل عن اهلك أو شيء من هذا القبيل

لقد قررت والدتك أن تحتفظ بتلك الأغراض لأجلك أرادتك إن تحصلي عليها بعد وفاتها ولكنني خبأتها مع رسالتها لك

ربما قد كنت جبانا ولكنني خفت من رد فعلك او لا ادري مما خفت

ولكنني أيضا كنت أرى بأنه قد كان من حق والدتك كل ذلك الحزن الذي تحزنه فتاة على والدتها التي أنجبتها وقامت بتربيتها على أحسن ما يكون وليس حزن فتاة على

امرأة وجدتها وأخذتها لكي تعيش إحساس الأمومة الذي حرمت منه

لا وحق كل الآلهة وحق كل الأديان أن والدتك قد أحبتك ولم تشعر بأنك تسدين حاجة لديها فقط

بل هي شعرت بالحب تجاهك، حب صادق وحقيقي وأنا على ثقة من ذلك لأنني أنا أيضا شعرت بذلك الحب تجاهك

فلو كنت مجرد طفل يسد ذلك الفراغ لربما كانت وافقت في السابق على أن نقوم بأخذ أي طفل من أي ملجأ وان يصبح ابن لنا ولم يكن لينقصه الحب ولا الاهتمام والرعاية لأننا كنا ثنائيا جيدا حسب رأي الجميع وليس رأيي أنا الخاص فقط

وقط طرحت عليها مرارا مر التبني ولكنها لم تكن تريد كفلا لم يكن من أحشائها لقد كانت تقول بأنها كانت تحلم بطفل ينمو بداخلها وحياة تشعر بها كل يوم تصبح أكبر

وان تتشوق لرؤية تلك الحياة التي بداخلها حتى يأتي اليوم الذي يولد فيه طفل أو طفلة فهي لم تكن تفضل جنسا عن آخر

ولكن عندما حرمت من ذلك لم تعد لها رغبة في ان تصبح أما لأي طفل

رغم أنني كنت أرى بأنها مخطئة في ذلك لأنها كانت تبدو لي بأنها تصلح للأمومة وقد كنت أرى بأنها كانت لتصبح أما رائعة

ولكن لم استطع أن اجبرها على فعل شيء لم تكن تريد فعله

وعندما شاء القدر قد تحققت رؤيتي لقد أصبحت بالفعل أما رائعة وقد كنت محقا في ذلك وقد رأيت قد قامت بتربيتك، حتى انك أنت لم تشعري بالفرق.

وفي الأخير اطلب منك يا حبيبتي أن تغفري لي

اغفري لي

اغفري لي ضعفي

والدك الذي لطالما احبك كقطعة من روحه

سوف نحبك دائما

تأثرت بيرلا كثيرا بتلك الرسالة ولم تستطع أن تردع الدموع التي تنهمر

لقد كانت تشعر بالكثير من المشاعر المختلطة وحتى غير المفهومة كما أنها لم تكن تصدق أين كانت وأين أصبحت.

زكي فان مصيرا قد تحول ومن مصير سيء محتوم قد أصبح لها حياة جيدة.

لقد كانت تشعر بأنها بالفعل فتاة مباركة وان حماية الرب

لا تفارقها.

لقد كانت تفكر في القدر والحياة وكيف تكتب لك حياة لا

تعلم أين ستأخذك

الحياة فعلا غريبة قد تظن انك في مكان أو مكانة لتجد

نفسك وفجأة أنك أصبحت في وضع مختلف تماما

كيف هو الإنسان صغير مقارنة بالقدر الذي يحول

مصيرك بين لحظة وأخرى

لقد كانت تفكر في الكثير

تفكر في والدتها التي أعطته الحب والحنان ولم تجعلها

يوما تشعر بأنها ليت الوالدة الحقيقية والتي أنجبتها

كما كانت تفكر في والدها والعائلة التي أهداها لها القدر

وهي لم تكن ابنتهما من صلبهما بل وكانا من مدينة أو

دولة أخرى

وكأنهما قد سافرا من اجل أن ينتشلاها ويبدلا مصيرها
المحتم بالضياع إلى مصير منار بالحب

وأيضا فركت في المصير السيئ الذي كان ينتظرها لا
محالة لو بقيت في نفس المكان ولم تلتق بوالديها

وبعد أن فتحت بيرلا الصندوق ورأت ما به من ثياب
وأغراض وأيضا صور لها وهي رضيعة وأيضا بنفس
تلك الثياب وفي الهند أيضا.

يبدو أن والدتها قد التقطت لها بعض الصور قبل أن تقرر
أخذها، وبعد ذلك أيضا حتى انه توجد لها صور وهي في
الفندق معهما وأيضا الكثير من الصور في الحمال
ووالدتهما تحممها وتغسل لها شعرها وأيضا بعد أن
غيرت لها ثيابها

لقد اشترت لها الكثير من الثياب والكثير من الألعاب
وكانت والدتها تبدو سعيدة جدا في كل الصور

كان في الصندوق الثياب والصور ولعبة صوفية على شكل أرنب متسخة لم تشأ والدتها أن تغسل الأغراض بل احتفظت بها كما هي.

وهناك خيط أحمر كان مربوطا على يد الرضيعة وخيط أبيض.

وأيضا كانت هناك إسوارة فضية

أخذت بيرلا رسالة والدتها وقرأتها

ابنتي العزيزة

حبيبتي

ابنة روحي وقلبي

يا قطعة من روحي ووجداني

يا كل كياني

هذه سوف تكون الكلمات الأخيرة من والدتك لك

حبيبتي أولا أريد أن أشكرك لأنك أتيت إلى حياتي

لقد كنت النور بعد الظلام

كنت الابتسامة بعد الحزن والدموع

لقد كنت فرحة أم بحض صغيرة أصبحت لها

قد ملأت الفراغ إلي أحدثه استئصال رحمي

لقد ملأت ذلك الفراغ وكأنك خرجت من بطني

ملأت حياتي وحضني الذي كان فراغا ولم يكن هناك حل لملئه

لقد كنت الرابط بالحياة والرابط بالحب

أنت جعلت علاقتي بوالدك أقوى من ذي قبل

لقد اكتشفت بأنه رجل رائع

لو رأيته كيف كان حنونا حين يلاعبك

كان يبتسم كما لم أره يبتسم قبلا

لقد احبك وأنا أيضا

وأحببته أكثر عندما رايته والدا

انه أروع والد يمكن أن تحظى به أية فتاة في العالم

كما انه أروع زوج قد تحظى به أية امرأة في العالم وأنا
محظوظة أن كان من نصيبي

حبيبتي لقد كنت خائفة من مسألة التبني خفت أن لا انجح
كأم وخفت أن لا أجد طفلا يحبني

كما أنني خفت أن تأخذ مؤسسة التبني الطفل مني بعد أن
أحبه لسبب أو لآخر

واعتقدت بأنه بما أن الرب قد حرمني من الإنجاب فلما
أعارض قرار القدر والتبني

كانت لي أسباب كثيرة وقد تشاطرت بعضهما معك هنا
في هذه الرسالة

وأيضا خفت أن أتبنى طفلا فتظهر عائلته مثلا وتسترده
فأبقى خالية الوفاض

كنت أظن بأنني أجنب نفسي الألم ولكن لم أن لا يكون لي طفل كان اكبر بكثير

لقد كنت أتعذب كل يوم

وكنت أشعر بالفراغ في بطني

فراغ عظيم لا استحقه ولا أتمناه لأية أنى على وجه هذه الأرض

حبيبتي لديك في الصندوق كل الأشياء التي وجدناها معك

وأيضا اسم المعبد

واسم الكاهن

واسم الدليل الذي يعرفك والذي قدم لي النصيحة يوما بان اقبل هدية الآلهة

يمكنك أن تبحثي عن عائلتك

إن كانت موجودة

حبيبتي لا اعلم إن وجدت الكاهن والدليل أحياء فقد مرت
سنوات ولا اعرف متى سوف تفتحين هذا الصندوق

كما أنني يا حبيبة قلبي لا اعلم انك كنت سوف تتمكنين
من إيجاد عائلتك

لا اعلم حقا

فنحن لا نعرف ظروفهم

لا نعرف من هي والدتك البيولوجية

قد تكون فتاة قاصرا وقد تكون قد توفيت

لا نعلم شيئا

لا أريدك أن تتنبشي فيما قد يزعجك واعلمي أنني أنا
أحببتك ولن أتوقف عن حبك حتى بعد وفاتي

الموت لا يقتل الحب

الموت ينهي الجسد ولكن أنا توصلت خلال تجربتي
الروحية إلى أن الموت لا ينهي الروح

وأنت قطعة من روحي

سوف تعيشين في روحي إلى الأبد

حبيبتي إن وجدت والدتك وفي أي حال كانت إن كانت
فقيرة أو غنية فلا فرق احضنيها وأعطها الحب مثلما
فعلت معي دائما

لا تهتمي إن كان لديك والدة أم لم يكن هناك

أنت حبيبتي قد منحتك الآلهة أبا وأما كل حياتك وأنت
امرأة شابة اليوم

وان وجدت والدان فسوف تصبحين مباركة أكثر لأنك
سوف تصبحين قد حضيت بوالدتين ووالدين

وإن لم تجدي فحاولي أن تشكري الآلهة على العائلة التي
كانت لديك

أنت فتاة صالحة

وأنا اعلم بأنك بذرة صالحة فلا تهتمي لباقي الأمور

لقد تعلمت أن تعيشي بحب فلا تحقدي على احد وواصلي العيش بقلبك ذلك المحب

قلبك الكبير والذي يسع الكثيرين

لا تتعلمي الكره والحقد

تلك المشاعر يا بنتي تقتل القلب

الآلهة قد اعتنت بك وأعطتك عائلة والحب أيضا فلا تكوني جاحدة

حبيبتي

حبيبتي صلي في ذلك المعبد الذي وجدتك عنده واشكري الآلهة على الحماية والأمان

اشكري الآلهة على العناية التي أحاطتك بها منذ أن كنت طفلة رضيعة وحتى أصبحت اليوم شابة

اشكري الآلهة على حب الوالدين الذي وجدته لدينا أنا ووالدك وسوف تعطيك المزيد من الحب

الآلهة تحبك وتنتقي لك الحب المميز في الحياة

وأنا أيضا أتمنى ل كان تعثري على حب يملأ حياتك بالحب كما ملأت أنت حياتنا أنا ووالدك بالحب أيتها الجميلة بالعيون البنفسجية.

اشكري الآلهة يا حبيبتي

ولا تفكري في انك لا تعرفين الآلهة هناك

الرب في كل مكان

والآلهة كلها متشابهة من حيث العطاء وعندما تصلين بقلب طاهر فان الآلهة تنظر إلى قلبك

اشكري الآلهة على الحب الذي أعطته لك لكي تعطيك المزيد

لا تطلبي من الآلهة إلا الحب

الحب هو كل ما يهم في هذه الحياة

احبك

والدتك التي أحبتك بكل ما فيها من حب ومشاعر

والدتك التي لم تنجبك ولكنها قد ضمتك إلى قلبها وكنت

جزء منها رغم انه لم ينمو في أحشائها

والدتك المحبة والمخلصة بحبها دوما

بكيت بيرلا كثيرا لأنها اشتاقت لوالدتها ولحضنها الدافئ
لقد كانت تحبها مثلما كانت الأم تحب ابنتها تماما

وكما قال الكاهن لقد كانتا متناغمتين وكأنهما خلقتا لبعض
أو خلقتا من بعض

لم تكن تتخيل بيرلا كيف كان لها أن تعيش في هذه الحياة
بدون تلك الوالدة التي أعطتها الحب كما تعطه الأم

واحتضنتها واحتوتها وجعلتها اليوم سيدة راقية

لقد أصبحت تلك الطفلة اليتيمة اليوم فتاة قوية جميلة ومثقفة

لقد كانت تشعر بالانتماء إلى والديها وبلدها ولكنها بالرغم من ذلك شعرت برغبة في زيارة الهند

البلد الأم الذي ولدت فيه

البلد الذي ربما هو بلدها الرئيسي

فربما هي هندية وربما لا

إنها لم تكن تعرف ولكنها تعرف بأنهم قد وجدوها كرضيعة هناك إذن فالاحتمال كبير بان تكون قد ولدت هناك بالفعل

انه بلدها الأم إذن

وهي قد شعرت بالحنين إلى ذلك البلد رغم كل شيء.

لقد أرادت أن تزور الأرض التي أعطتها الحياة

تلك الأرض التي كانت هي أول أم لها

وبعد أن قامت ببعض الأمور والترتيبات.

بعد أن أقامت جنازة تكرم بها والدها وأيضا أقامت جمعية خيرية لكي ترعى الأطفال الأيتام عبر العالم قررت أن تزور الهند.

لقد كانت تقلد والدتها التي كانت تمشي وتنشر الخير والسلام حول العالم وتلك هي الطريقة التي بها عثرت عليها دون سابق تدبير

لقد أرادت أن ترعى الأطفال الذين تخلو عنهم أهاليهم والأيتام.

لقد كانت ترى نفسها في أولئك الأطفال رغم أنها قد عاشت كل حياتها وهي بعائلة ولم تكن يتيمة ولم تشعر بأنها يتيمة ليوم واحد.

ولكنها عندما اكتشفت الحقيقة لم تعد تشعر بنفس الطريقة السابقة، لقد تغير فيها شيء ما.

شيء في داخلها لم يعد كما كان في الماضي

انه شعورها هو ما تغير

ولكن لا يمكن تفسيره، كما أنها أصبحت تشعر بالمسؤولية نحو الأطفال الأيتام.

رحلة إلى الهند

قبل أن تسافر بيرلا إلى الهند قامت بإجراء بحث عن الهند، فهي لم تكن لديها معلومات كثيرة عن هذه البلاد التي لم تكن مهمة بالنسبة لها كثيرا وأصبحت اليوم مركز اهتمامها

إنها بلدها الأم، أمها، الأرض التي ولدتها، والأرض التي شهدت أول صراخ لها، الأرض التي شهدت أنفاسها الأولى، وأيضا الأرض التي أهدتها والدين بعد أن تخلت

عنها والدتها التي أنجبتها بأي من الأسباب سواء بإرادتها أو كان بالإجبار.

لم تكن تعلم الكثير من المعلومات عن الهند فقامت بإجراء بحث، وقد كان بحثا معمقا

تعرفت على تاريخ البلاد واللغة والثقافة والملابس الأزياء التقاليد والدين وكلما إلى ذلك

وبعد أن أخذت فكرة عامة عنها أرادت أتتعلم بعض المفردات وأساسيات اللغة ولكن الأمر لم يكن بتلك السهولة.

لقد كانت اللغة معقدة بعض الشيء بالنسبة لها ولكنها كانت مصرة على فعل ذلك

فتحت التلفاز ووضعت قناة الهند ولكن الغريب انها كانت تفهم الكلام

وعندما رجعت إلى الكتاب الذي اشترته لم تستطع أن تقرا الحروف

لقد اكتشفت بان قراءة اللغة أمر صعب قليلا ولكن سماعها أمر جيد جدا

لقد كانت تفهم اللغة وهي لا تعلم لما

فكيف لها أن تفهم وهي لم يسبق لها أن زارت الهند ولا حتى شاهدت فيلما باللغة الهندية ولا فيلم واحد

كما أنها تعلم بأنها عندما احضرها والداها إلى هنا لم تكن قد أكملت عامين فقط فهل يمكن لشخص أن يفهم اللغة من عامين فقط

وهل كانت تفهم اللغة عندما كانت صغيرة وأين تلك اللغة؟ أين كانت مختبئة؟

لما صحت هذه اللغة في عقلها الآن؟

رغم أن الأمر كان صعبا إلا أنها أعجبت بما حصل معها، من الجميل أن اكتسبت لغة هكذا حتى وان لم تفهم كيف حدث هذا الأمر الغريب.

بعد ذلك قررت بيرلا السفر إلى الهند بعد أن قطعت التذكرة وحجزت في فندق قريب من المكان الذي كتبت لها عنه والدتها أي قرب المعبد ولكنها حجزت في نفس الفندق الذي كان قد نزل به والداها قبل ستة وعشرون سنة.

زيارة إلى المعبد

سافرت بيرلا إلى الهند أخيرا وحققت الحلم الذي راودها منذ أن علمت بأنها ابنة تلك الأرض.

لقد شعرت بمشاعر كثيرة، شعرت بالحب، شعرت بالحياة، شعرت بالانتماء.

وشعرت بالراحة والسلام

وعندما وصلت إلى الفندق طلبت خريطة وسيارة أجرى، وأيضا أرادت أن تزور المعبد وفي اقرب فرصة، ولكنها أرادت أن ترتدي ملابس هندية.

فتوجهت إلى احد المحلات وابتاعت بعض الثياب وبعد أن عادت إلى الفندق ارتدت احد تلك الأزياء والذي كان

كورتا

قميص طويل وسروال باللون الأصفر وشال طويل مزين بأزهار الربيع البيضاء الصغيرة على الحافة

ولبست الإسوارة الفضية التي تركها لها والدتها في الصندوق الذي به كل ما يتعلق بالماضي وربما له صله بعائلتها.

وأخذت ما يأخذه الناس عادة إلى المعبد وتوجهت إلى هناك

من يراها من بعيد لا يستطيع أن يميز بأنها ليست هندية ولكن عيونها تقول خلاف ذلك وأيضا لون بشرتها، فكانت بشرتها فاتحة اللون كما كان كذلك لون شعرها

نعمة الإيمان بيت الرب

عندما وصلت بيرلا إلى المعبد وقد تعلمت بعض الجمل من جل أن تتكلم وتعرف ما تريد قوله

قبل ذلك كانت قد أرسلت رجلا لكي يأتيها بالأخبار عن الكاهن الذي ومن حسن حضها انه كان لا يزال على قيد الحياة وكان لا يزال يعمل في نفس المكان في نفس المعبد.

لقد سرت كثيرا بذلك الخبر عندما سمعته

أرادت أن ترى ذلك الكاهن الملاك الذي بارك والدتها وباركها هي أيضا

الكاهن الذي ارشد والدتها إلى الحب والعطاء بلا حد

أرادت أن تراه وان تكلمه

أرادت أن تطلب منه البركات اليوم أيضا

توجهت إلى هناك وعندما وصلت وضعت الضال على رأسها

دخلت إلى المعبد وقرعت الجرس

أعطت القربان للكاهن وقد كانت تضع في الصينية بجانب الحلوى والأزهار وكل تلك الأمور أمرا خاصا

لقد وضعت صورة لها، أول صورة أخذتها لها والدتها أمام المعبد

قالت بعض الكلمات للكاهن بعد أن أعطاها بركاته وقالت:

(أشارت للطفلة الصغيرة في الصورة)

هذه أنا

أنا كنت هنا

قبل ستة وعشرون هاما

أنا كنت هنا

ثم أظهرت صورة لوالديها وقالت:

هذان أمي وأبي

قال لها:

باركك الله

لقد وجدت الحب والدفء

الآلهة لا تتخلى عن أطفالها

نظر إليها ثم قال لها:

ابنتي لما جئت ما الذي تبحثين عنه

اطلبي من الآلهة ما تريدين فعطاؤها واسع

تذكرت كلمات والدتها ووصيتها لها ثم قالت:

أنا ابحث عن الحب

اطلب الحب

فقال:

غدا تعالي إلى هنا

في نفس الوقت

سوف تجدين ما ضاع منك

باب الآلهة مفتوح لك دائما

ابتسمت وقد أعجبها العطاء في كلامه وكيف انه صدره
رحب وقد كان بحنان الأم وحنان الأرض.

لقاء القدر

وبينما هي مغادرة شيء ما قد امسك صندلها وعندما حررته وقامت بسرعة كبيرة ولم تنتبه أن كان أمامها درج فكادت تسقط ولكنها سقطت بالفعل ولكن ليس على الأرض بل سقطت في حضن رجل كان يصعد باتجاه مدخل المعبد

لقد امسكها ذلك الشاب الذي كان يضع نظارات سوداء ويضع غطاء على رأسه وكأنه يتنكر أو يخفي هويته

تعلقت به كثيرا وعندما رفعت عينها إليه ذهل هو من وراء النظارات بتلك العيون التي تبدو بنفسجية وقد اعتقد في البداية بأنه فتاة هندية.

ولكنه شك في أمرها بعد أن رأى عيونها البنفسجية وشعر بيدها ونظر إلى تلك البشرة البيضاء الناعمة.

وقالت له:

عذرا

لقد تأكد من أنها فتاة أجنبية ولكنها كانت جميلة جدا وقد كانت هي الأخرى تخفي ذلك الجمال تحت ذلك شال ورد الربيع الأصفر والأبيض.

ثم واصل طريقه بعد أن توازنت الفتاة ولم يعد هناك أي خطر عليها.

لقد شعرت بيرلا بأمر غريب

شعرت بشيء ما

شيء غريب

وقد نبض قلبها كما لم ينبض من قبل

هل هو خوف أو أن ذلك الحادث البسيط قد وترها

كما أنها استطاعت أن ترى عيني الشاب من دون نظارة
وقد رجفت عندما رأتهما.

واصلت هي طريقها إلى الفندق ولم تنتبه حتى وصلت بان
هناك شيء ما قد ضاع منها.

لقد أضاعت الإسوارة الوحيدة التي تربطها بأهلها

بحثت كثيرا ولكن بدون جدوى فاعتقدت بأنها قد أضاعتها
في الشارع الذي كان مزدحما كثيرا أو ربما في سيارة
الأجرة

لقد حزنت كثيرا لدرجة أنها ذرفت الدموع في تلك الليلة

وفي تلك الليلة أيضا اكتشف ذلك الشاب بأنه قد أصبح
هناك سوار آخر عالق بسواره الذي كان يرتديه

فكر من أين يمكن لهذا السوار أن يأتي ولكنه لم يعرف
وبعد طول تفكير تذكرت تلك الفتاة فمن الممكن انه تكون
هي صاحبة السوار وعندما سقطت عليه خسرت سوارها.

رغم أن السوار لم يكن ذهبي ولا به الماس ولكنه فكر في
باله وقال ربما تكون له قيمة معنوية

فكيف لفتاة جميلة أن تضع سوار مثل هذا يبدو مثل اللعبة،
ثم قال أنا لم أر مثل هذا السوار منذ أن كنت طفلا صغيرا
لم أكن اعرف بأنهم لا زالوا يبيعونه.

لقد كان لدي سوار مثله عندما كنت صغيرا أنا أذكره
جيدا، كما انه يظهر في صور طفولتي.

بعد طول تفكير وقد شغلته تلك الفتاة كثيرا لذا قرر أن
يعود في الغد إلى المعبد لكي يعيد السوار إلى الكاهن وان
يقول به بان يسلمه إلى صاحبته أن عادت بحثا عنه.

كان من المفروض أن يذهب إلى المعبد ظهرا لأنه مرتبط
بمواعيد في الصباح.

أما بالنسبة لبيرلا فقد طلب منها الكاهن أن تأتي في الغد
وأن تأتي في نفس الموعد والذي كان عصرا.

في تلك الليلة رأت بيرلا أحلاما وهي نفس الأحلام التي لطالما كانت تطاردها ولكنها رأت أيضا حلما جديدا لقد رأت ذلك الشاب الذي التقت به في المعبد.

لقد عرفت بان ذلك الشخص الذي كان يراودها في الأحلام هو نفسه ذلك الشاب وقد كانت ملامحه واضحة لأنها رأت عيناه من تحت النظارة.

انه نفس الشاب الذي كانت تدعوه "ميري جان" حياتي وقد كانت تجري إليه في الحلم وتدعوه حياتي ميري جان

عندما استيقظت عرفت بأنها يوم أمس قد التقت بحب حياتها.

الشاب الذي كان يأتيها كثيرا في الأحلام.

إنه هو

نفس الشاب الذي كانت تراه في أحلامها ولم تره في الواقع سابقا أبدا، لقد كان شابا وسيما بجسد رياضية معتدل الطول وله شعر ناعم وعينان عميقتان وله لحية خفيفة.

لقد كانت متأكدة من أنه نفس الشخص فقط لو لم يكن متنكرا فقد كان يظهر منه جزء من وجهه وشعره ولم تتمعن فيه جيدا، فهي لم تره جيدا وخاصة بأن ذلك اللقاء أو الاصطدام لم يدم للحظات.

استغربت كثيرا لما حصل معها

هل كل هذه الأمور تعتبر معجزات أم ماذا؟

كما أن الشاب قد شعر بشيء أيضا تجاه الفتاة لقد شعر بشيء ولم يستطع أن يفسره فقد التقيا لمجرد لحظات.

هل يستطيع شيء ما أن يولد في لحظات؟

لم تشأ بيرلا أن تخرج في ذلك اليوم وقضت كل اليوم في غرفتها في الفندق وهي تشاهد التلفاز.

لقد كانت تفهم اللغة الهندية جيدا، كانت تفهم الحوار وقد أعجبت كثيرا بأفلام بوليود وبينما هي منشغلة بمشاهدة التلفاز رأت إعلانا غريبا.

لقد مر عليها إعلان فاجآها حد الصدمة

الإعلان لم يكن مهما بقدر الذي كان يعلن

إنه نفسه الشاب الذي رايته في المعبد ونفسه الشاب الذي كانت تراه في أحلامها.

لقد كان ممثلا بل ونجما سينمائيا شهيرا اسمه بريم سالم ولكنها لم تكن تعلم ذلك لأنها عندما أتت إلى الهند كانت تلك أول مرة في حياتها تشاهد فيما من أفلام بوليوود.

لقد كان نجما شهيرا جدا وربما لن تكون لها به علاقة

فهي ربما لن تراه ثانية.

ربما عندما التقت به يوم أمس كانت مجرد صدفة

لقد فرحت لأنها تعرفت عليه وأصبحت تعرف هويته ولكنها في نفس الوقت كانت حزينة لأن علاقتها به سوف تبقى مجرد حلم.

لقد أحبته في أحلامها وكانت عازمة على أنها لن تتزوج غيره رغم أنها لم تكن تعرف أرضه ولا الطريق إليه.

وها هي اليوم تعرف الكثير عنه ولكن يبدو أن زواجها به أصبح مجرد حلم.

لقد كانت خائفة من أن تفقده فقد أحبته كثيرا ولم تكن تريد أن تخسر حلمها الجميل.

حلم لطالما كان يطاردها لمدة سنوات طويلة، حلم لم تكن تعلم عنه شيئا حلم كان متعلقا بها وليست هي المتعلق به.

حلم كان متصلا بها ملتصقا به

حلم لها وعنها وأصبح بامتزاجه بدمائها وروحها حلمها.

عندما اكتشفت بيرلا تلك الحقيقة الجميلة والصعبة أيضا قررت أن تذهب باكرا إلى المعبد لكي تقضي بعض الوقت الروحاني هناك ولكي تتأمل وتدعو أيضا.

وكانت تريد أن تفعل أمرا آخر، فقد رأت بالأمس الكثير من الأطفال المتشردين وقد تذكرت نفسها بل ورأت نفسها فيهم، فهي في يوم من الأيام كانت مثلهم رغم أنها لا تتذكر ذلك ولكنها كانت طفلة وحيدة في الشارع وبالطبع قد كانت تشعر بالجوع والبرد وأيضا.

لذا قررت أن تأخذ بعض الطعام لكي تعطيه للأطفال والفقراء بجانب المعبد لكي تدخل بعض الفرحة والسرور في قلوبهم الصغيرة والمسكينة.

لم تكن تتذكر عندما كانت صغيرة بل كل ما تمتلكه عن ذكرياتها وهي صغيرة هو الصور الجميلة التي أهدتها لها والدتها في ذلك الصندوق عندما صارحتها بالحقيقة.

لذا قررت أن تأخذ معها الخبز وبعض الطعام لقد كانوا متشردين وربما يشعرون بالجوع

وكانت تفكر فيهم وهي تنظر إلى نفسها في الصورة وهي تحمل قطعة خبز كبيرة جدا وقد كانت مجرد طفلة صغيرة لا تستطيع أن تأكل كل تلك القطعة بل كانت فقط تلعب بها.

كانت تنظر إلى الصور وتفكر في انه ربما أعطاه احد ما قطعة الخبز تلك.

لقد كانت تقول في نفسها، يبدو انه قد كان شخص كريم هو من أعطاها قطعة الخبز تلك وربما كان فقيرا وكانت قطعة الخبز تلك هي كلما يملكه.

إن العجيب هو قلوب الناس الرحيمة والتي تجود بما لديها.

هذه هي القلوب من الذهب، قلوب الرحمة، قلوب من عند الآلهة.

لذا يجب أن تفعل خيرا مثلما فعل معها في يوم من الأيام

وهكذا أخذت الخبز والحلويات وأرادت أن توزعها على المتشردين والمتسولين والفقراء الذين سوف تجدهم بالقرب من ذلك المعبد.

وقد كانت تعلم بأنها سوف تجد العديد منهم هناك، لأن بيت الرب هو ملجؤهم دائما وهو المكان الذي يسعر في فيه الغني والفقير بالأمان على حد سواء، ولكنها قد رأت بأنهم يتجمعون هناك في بيوت الرب والآلهة.

وبالفعل ذهبت ووزعت الكثير من الطعام وتعبدت وبقيت تنتظر هناك لأن الكاهن لم يكن هناك ربما ذهب إلى مكان ما لكي يباركه لذا أرادت أن تنتظر عودته.

في نفس الوقت كان الممثل بريم سالم يريد أن يذهب إلى المعبد ولكن مواعيده تأخرت قليلا فقرر أن يتوجه إلى المعبد فور إنهائه لأعماله.

وبعد أن فات الظهر بوقت وبينما هو متوجه إلى المعبد كانت تغير الجو وأصبح الجو ماطرا وأصبحت الشوارع بعض الشيء زحمة ولكنه لم يعد بعيدا عن المعبد، لذا قرر انب كمل مشواره سيرا على الأقدام.

وقد وضع لباسا بلاستيكيا عليه بالكامل وراح يمشي باتجاه المعبد الذي أصبح شبه خال من الناس تقريبا إلا بعض الأشخاص وبيرلا التي كانت تنتظر عودة الكاهن.

وبينما هي قد توجهت إلى رجل قرب الدرج انه رجل
كسيح لذا توجهت إليه لتعطيه بعض الخبز.

وهي تحمل سلة معها فأعطته وقبل أن تقوم من مكانها
وقف أمامها رجل فاعتقدت بأنه متسول فرفعت إليه يدها
بقطعة خبز كبيرة.

لقد نظر في عينيها وتذكر شيئا.

لقد ذكرته عيناها بطفلة صغيرة كان هو من أعطاها خبزا
وهي صغيرة

لقد تذكر الأمر وكأنه يراه أمامه

فابتسمت له وإذا به يتذكر الأمر جيدا

وبعد أن عاد إلى وعيه اعتذر منها واخبرها بأنه لا يريد خبزا

قامت ووقفت وقالت له:

أنا من يجب عليها أن تعتذر

لقد اعتقد بأن أحد المحتاجين أنا آسفة حقا

ضحك وقال لها:

لغتك الهندية ليست بخير

فضحكت هي الأخرى وقالت:

أنا افهم أكثر من استطاعتي أن أتكلم

فعرفها على نفسه وقال أنا اسمي بريم ولكنها قالت له بأنها تعرفه من لقائهما السابق وأطلعته على اسمها

ثم قال لها:

هل تعلمين لقد ذكرتني بحادثة صغيرة حدثت معي عندما
كنت طفلا صغيرا.

قالت:

حقا وما هي؟

قال:

لقد ذكرتني قطعة الخبز التي أعطيتها لي بطفلة صغيرة
تمتلك نفس لون عينيك كنت قد أعطيتها أنا قطعة خبز
ولكن تلك الحادثة قديمة جدا قبل أكثر من خمسة
وعشرون سنة ربما.

أنا حقا لا اعرف كيف تذكرتها

ربما انه لون العينين

تفاجأت بيرلا لكلامه وقالت:

لا اصدق الكلام الذي تقوله

بريم:

ولما لا

أنا لا اكذب

بيرلا:

آسفة لا اقصد بأنني أكذبك

بل اقصد انه ربما أنا هي تلك الفتاة

بريم:

لا لقد كانت طفلة متسولة أو طفلة بدون عائلة لا اعرف حقا

بيرلا:

أظن أنها أنا حقا؟

انظر في هذه الصورة

هل تذكرها؟

هل هذه هي الطفلة؟

بريم:

نعم أظن أنها هي

وعرضت عليه بعض الصور وجلسا على درج المعبد
وهو يشاهد الصور ثم صرخ قائلا

هذا أنا أنظري

ذلك الطفل في خلفية الصورة إنه أنا

بيرلا:

هل هذا أنت حقا؟

بريم:

نعم أقسم

لقد كان عمري تسع أو عشرة سنوات أو أكثر

ربما عشر سنوات لا أعرف

وتلك اللعبة الصوفية لقد كانت لي ربما أعطيتها لك لقد
بحثت عنها كثيرا ولم أجدها.

ثم تمعن في الصورة وقال:

وهذا السوار في الصورة

ثم أخرج السوار من جيبه وافتح يده وقال لها:

هذا السوار أيضا ربما كان لي وأنا من أعطاك إياه

كما أظن انه قد علق بسوار يوم أمس لذا أنا هنا

لقد جئت لكي أعيده لصاحبته واعتقدت بأنها ربما تكوني
أنت وذلك عندما سقطت علي فعلق بي

بيرلا:

لقد اعتقدت بان كل تلك الأشياء هي دليل عن أهلي

اعتقدت بأنني إن اعتمدت عليها قد أجد والدتي البيولوجية

بريم:

لا عليك لا تحزني للآلهة دائما خطط لنا لا يمكنك أن تعلمي ما هو الخير الذي ينظر كلا منا.

بيرلا:

نحن دوما نتبع القدر

الآلهة تهتم بأطفالها

بريم:

هذا ككلام الكاهن هو دائما يقول لي هذا

بيرلا:

لقد اخبرني بأنني سوف أجد اليوم ما ضاع مني وهي تمسك السوار بين يديها ولكنها تنظر إلى النجم الوسيم في عينيه الواسعة الجميلة بعينيها البنفسجية

بريم:

وأنا أيضا قد وجدت ما ضاع مني

سكتا قليلا ولكي يجعل الشاب بريم الجو لطيفا قال لها:
(وهو ينظر للصور)

أظن أننا قد قضينا وقتا جميلا مع بعض

لقد كنت رضيعة

رضيعة بعيون بنفسجية

بيرلا: (وهي تضحك)

وبلا شعر

بريم:

لقد كنت أجمل رضيعة رأيتها عيناي

وقد أصبحت أجمل فتاة رأتها عيناي

لقد كان الرابط بينهما قوي وجميل

كانا متناغمان جدا وأيضا بدا أنهما قد وجدا الحي كلاهما
فقد انسجما مع بعضهما بسرعة.

علاقة مباركة

لقد نشأت بينهما علاقة جميلة وعندما حان وقت مغادرتها للهند وهي تشع وكأن روحها تسحب منها وكأنها تسلخ من جسدها.

لم تكن تريد المغادرة لقد شعرت برابط قوي بينها وبين الأرض.

كما أنها قد شعرت بأنها قد وجدت الأمر في الأرض ووجدت الحب أيضا.

لقد أرادت أن تعيش هناك وأن تسكن قلب بريم الذي أغرمت به كل حياتها.

والذي كانت تدعوه "ميري جان"

ولكن كان يجب أن تسافر ليس لشيء ولكن هو لم يقل لها شيئا.

وعندما حان وقت المغادرة فاجأها بريم بطلب غير متوقع.

لقد طلب منها البقاء وطلب منها الزواج به

لقد كان النجم محبوب الجماهير وكان عازبا

لم يكن يريد أن يتزوج حتى يجد حب حياته ولكنه لم يكن يعلم لا هوية ولا شكل هذا الحب.

الأمر الوحيد الذي كان يعرفه جيدا هو انه سوف يعثر على الحب يوما.

وكان يعرف تماما بأنه عندما يلتقي بالفتاة التي هي نصيبه
سوف يعرف ذلك.

عندما يراها سوف يشعر بشيء مميز وسوف يعرف بأنها
هي الفتاة التي خلقت من أجله.

هي فتاة أحلامه.

أما بالنسبة لبيرلا فقد كانت حقا تبحث عن فتى أحلامها
ولكن ليس بالمعنى المجازي بل كانت تنتظر إيجادها
للشاب الذي كانت تراه في أحلامها وهي لا تعرف هويته
حتى وجدته وعرفت من يكون.

إنه من أعطاها الحب أول مرة وهو الحب الذي تمنته
بالأمس في المعبد أيضا.

إنه من أعطاه أول قطعة خبز وهو الذي أعطاها حبا
وحنانا.

أعطاها أيضا أول لعبة لها وإسوارة قد أعادتها إلى نفس الطريق.

انه هو بمثابة العائلة التي كانت قد أضاعتها فبالرغم من أن المسافة قد فصلت بينهم وفصلت بينهم القارات إلا أنهما قد التقيا في الوقت المناسب.

وكما التقيا أول مرة في بيت الآلهة قد التقيا بالأمس واليوم
أيضا في بيت الآلهة.

لقد خلق الحب في المعبد في بيت الآلهة التي باركتهما
وباركت علاقتهما.

حيث شعرا بالانسجام والحب وشعرا بأنهما يليقان
ببعضهما وبأنهما خلقا لأجل بعضهما.

انه بيت الرب والآلهة التي تعتبي بأطفالها دائما

لقد بقيت ووافقت على الزواج وتم لم شملهما بعد فراق لسنوات.

اجتمعا وكان اللقاء من تدبير الرب والقدر.

بيرلا:

أنقذت حياتي مرة فهي لك إلى الأبد.

Sommaire